Sergio Lübel-Tokar

Bittermandelextrakt

Sergio Lübel-Tokar

Bittermandelextrakt

Die Geschichte von zwei Seelen, die das höchste Gefühl in der untersten Hölle suchten

Goldene Rakete Verlag für Belletristik

Cover image: www.ingimage.com

Publisher:
Goldene Rakete Verlag für Belletristik
is a trademark of
International Book Market Service Ltd., member of OmniScriptum Publishing Group
17 Meldrum Street, Beau Bassin 71504, Mauritius

Printed at: see last page
ISBN: 978-620-2-44507-8

Bittermandelextrakt

Sergio Lübel-Tokar

aus dem Spanischen übersetzt von Katharina Wanjohi

"...Fühl' meine Brust auch, wie sie entbrennt;
helles Feuer das Herz mir erfasst,

ihn zu umschlingen, umschlossen von ihm,

in mächtigster Minne vermählt ihm zu sein!

Heiajoho! Grane! Grüß' deinen Herren!

Siegfried! Siegfried! Sieh!..."

R. Wagner, **Der Ring des Nibelungen,** Ende des dritten Aktes.

1. Das Interview

Ich hatte immer Angst vor'm Fliegen.

Ich habe alles ausprobiert: Reisetabletten, Kaugummi, Kompressionsstrümpfe. Aber wie es so ist, ergab sich schließlich eine Lösung, wo man sie nicht erwartet hätte:

- „Angst vorm Fliegen?", fragte meine Sitznachbarin als sie kurz von ihrer Lektüre aufblickte.
- „Ist es so offensichtlich?", erwiderte ich.
- „Ja. Aber wissen Sie, junger Mann, mir ging es ja genauso. Bis ich mir eines Tages die Frage stellte, wovor ich denn eigentlich Angst hätte und alle diese Bilder von Todesangst stiegen in mir auf, von Filmen, in denen Flugzeuge abstürzten und solche Sachen. Und dann kam mir die Idee, diese Angst mit einer anderen Angst zu bekämpfen und so habe ich jetzt meine „Fluglektüren", also Horrorschmöker, Krimis, eben alles, was mich von dieser Flugangst ablenkt."

Und es wirkte tatsächlich, Gott sei Dank!

Jetzt besitze ich meine eigene Liste von Werken, die zur „Fluglektüre" taugen: Lovecraft, Poe, Quiroga, Andahazi. Auf jenem Flug las ich erneut den ersten Absatz von „Der Fall des Hauses Usher", als durchgesagt wurde, dass wir bald landen würden.

San Carlos de Bariloche empfing mich mit einem Schwall frischer Luft und während der nun folgenden Fahrt genoss ich die wunderschöne Landschaft des argentinischen Südens, die keine touristische Broschüre adäquat abzubilden vermag sosehr sie sie auch anpreist.
Ohne dass ich mich darauf eingestellt hätte verlor die hübsche Landschaft nach und nach ihre Färbung während wir uns in der Leihlimousine der alten Villa näherten; der blaue Himmel wurde von grauen Wolken überzogen, die Bäume

verloren ihre Farbe und die Lektüre, die ich gegen Ende des Fluges unterbrochen hatte, kam mir erneut in den Sinn.
Ich verstand nun, dass dies nicht von ungefähr kam, sondern weil ich mich einem der dunkelsten Kapitel der menschlichen Seele näherte, dort wo Liebe und Horror sich zu einem makabren Tanz vereinigen.

Manche Interviews sind ganz einfach: der Dialog entwickelt sich ungezwungen und das Gespräch kommt leicht in Fluss, dieses jedoch würde nicht so einfach werden.

Am Eingang wurde die Sicherheitskamera aktiviert und eine Sekunde später ertönte ein lakonisches:
- „Ja?"

Ich antwortete und nannte meinen Auftraggeber.
- „Bitte weisen Sie sich aus und halten Sie ihre Papiere vor die Kamera. Danke."

Als sich die gepanzerte Türe öffnete, zeichnete sich eine weibliche Gestalt ab, die man wie eine aus einer Wagneroper entsprungene Walküre beschreiben könnte: drall, so groß wie ich (und ich bin immerhin 1, 83 Meter groß) und dem Gesichtsausdruck und den Falten nach zu urteilen von einem Alter, dass sie tatsächlich wie eine Zeitgenossin des Komponisten aussehen ließ.
Sie trat zur Seite und wies auf eine Treppe. Ich ging hinauf bis zu einem Absatz mit riesigen, deckenhohen Erkerfenstern und zwei dunklen, streng schmucklosen Sesseln sowie einem Greis, der so wirkte als gehöre er quasi zum Inventar.
Mit seinen glänzenden Schuhen, der grauen Kaschmirwollhose und im wohl handgestrickten Pullover sah er tadellos aus. Komplettiert wurde seine Erscheinung durch eine Brille mit dicken Gläsern. Er war sorgfältig rasiert und auf seiner breiten Stirn zeigten sich zahlreiche Altersflecken, die bereits auf sein Ableben hinzuweisen schienen. Die Gesichtshaut war dünn und von Äderchen durchzogen. Mr.Poe hätte seine Freude an diesem Anblick gehabt. Meine innere Stimme hallte in mir wieder und sagte mir, dass all dieses nicht spontan, sondern eine gestellte Szene sei. Auch Beethovens neunte Sinfonie in der Version von

Furtwängler trug dazu bei, der Situation eine gewisse trügerische Ruhe zu verleihen.

- „Setzen Sie sich doch", sagte eine Stimme, die mehr anzuordnen als anzubieten schien.
- „Danke, Herr Brünner", antwortete ich während ich mich anstrengte, mich keinesfalls eingeschüchtert zu zeigen, trotz des Schattens, den dieser Mann über meine Gedanken warf.
- „Kann ich Ihnen etwas anbieten?", fragte er und schliff dabei das „r" so wie es alle Deutschen zu tun pflegten, die nach ihrer Ankunft in Argentinien die Sprache zunächst bruchstückhaft erlernten.
- „Tee bitte, mit ein bisschen Milch."
- „*English tea*, bei mir?", scherzte er.

Seine Liebenswürdigkeit schien nachzulassen. Ich erzwang ein Lächeln, so gut ich konnte, und für einen Moment schauten wir – Interviewer und Interviewter – uns an, als ob wir zu ergründen versuchten, wer nun wer sei, und wie wir diese Schachpartie, die letztendlich jede Konversation darstellt, taktisch spielen würden.

Er richtete seinen Blick auf das Erkerfenster und während der See vor dem Fenster, der den klangvollen Namen „Gutierrez" trug, versuchte, seine Augenfarbe widerzuspiegeln, fragte er:

- „Haben Sie die Aufgabe gemacht?"
- „Ja, habe ich", gab ich zur Antwort. „Ich war in der Münchner Landesbibliothek und habe Originaldokumente auf Deutsch eingesehen. Die Übersetzungen sind ja doch nie zu hundert Prozent verlässlich. Mein Großvater mütterlicherseits hat mir dabei geholfen. Er stammt aus einem Tiroler Dorf und hat einen Blick darauf geworf..... . Er unterbrach mich: „ München, die Kristallnacht….! So jung und voller Begeisterung waren wir. Entschuldigen Sie bitte."

Er setzte sich in seinem Sessel zurecht und schien sich nun an diese längst vergangene Leidenschaft anzulehnen und für einen Moment konnte ich die Verwandlung seines Greisengesichts beobachten: seine Kiefernmuskeln spannten sich an und seine Löwenhaut belebte sich, bereit aufzubrüllen während seine Hauer sich vom Blut der Beute zu verfärben schienen, die er vor gut einem halben Jahrhundert erledigt hatte.
Ich schüttelte den Kopf, um dieses Bild wieder loszuwerden und ihn so zu sehen, wie er jetzt war.

- „Seit vier Jahren hatte sich die Situation verbessert", fuhr er fort. Der Führer hatte uns den Mut verliehen, den wir brauchten, um diese unheilvolle Last des Versailler Vertrags abzuschütteln. Selbst Fabriken wie die Ford Motor Company investierten nun große Summen in unser Land…., man kann sagen, dass endlich wieder ein Gefühl von Größe wie zu Zeiten des Kaisers spürbar war."
- „Aber soweit ich weiß, hat ihre Beziehung zu Herrn Lothringen begonnen, als Hitler bereits an der Macht war."
- „Ich sehe, sie haben sich gut informiert."
- „Das gehört zu meiner Arbeit. Hatte Sie nicht ein Verwandter von ihm vorgestellt?"
- „Ja, richtig. Das war sein Onkel, mein Vorgesetzter in der Partei zu meiner Jugendzeit."

2. Vati Otto und die schrecklichen Jahre

Unser Vati war stets stolz auf die militärische Tradition der Familie und unseres Nachnamens. Laut ihm waren wir nämlich entfernt verwandt mit dem Kaiser Franz Josef von Österreich, da dessen ursprünglicher Name genauso wie unserer „Lothringen" lautete.
Mit seinen 1,90 Meter erschien er mir wie ein Riese und in seiner Polizeiuniform sah er noch beeindruckender aus. Er war Polizist geworden, nachdem ihn ein Granatensplitter während der Kaiserschlacht getroffen und somit von weiteren Kriegsschlachtfeldern ferngehalten hatte.

Sein größter Schatz waren nicht etwa meine beiden älteren Schwestern, ich oder meine Mutter, sondern die Orden, die ihm General Ludendorff eigenhändig für seine Tapferkeit verliehen hatte. Außerdem hegte er die Illusion, ich – sein einziger Sohn – würde einst in seine Fußstapfen treten und ein stolzer Berufssoldat werden.

Ich ging zu dieser Zeit in die dritte Klasse einer Münchner Grundschule und meine Lieblingsfreizeitbeschäftigung bestand nicht etwa im Kriegsspiel oder im Aufstapeln von entwertetem Geld. Ich setzte mich sehr gerne auf eine Bank im Botanischen Garten, der sich in der Elisenstraße befand und las die Märchenbücher, die meine Schwestern mir liehen. Meine Lieblingserzählung war die vom Bergriesen Rübezahl von Dr. Müller, die Geschichten von diesem Zauberer, dessen Liebe unerwidert blieb und der nach dem Verrat Trost fand, indem er in seiner Region *„zwischen Schlesien und Böhmen“* – so begann auch das Buch - Recht nach seiner Manier durchsetzte.

Eines abends als mein Vater etwas nüchterner als gewöhnlich vom Wirtshaus heimkehrte und sah, wie ich mit Helgas Puppen spielte, begann er meine Mutter und meine Schwestern zu beschimpfen und warf ihnen vor, aus mir noch ein weiteres Mädchen machen zu wollen. Anschließend verprügelte er uns mit seinem Uniformgürtel, so dass niemand von uns unverletzt blieb. Einige seiner Kollegen von der Polizei gingen dazwischen, nachdem sie von einem Nachbarn gerufen worden waren und verhinderten, dass er – wie sonst – seine Dienstpistole zog, um sie mir an die Schläfe zu drücken bis ich mir in die Hosen machte.

- „Das wird ihn zu einem Mann machen“, pflegte er zu sagen.

Wie das Schicksal so spielte, sollte der große Krieg nun doch nicht der letzte für Vati Otto gewesen sein. Der nun folgende sollte weder Bomben noch Minen oder Waffen verwenden sondern nur Flaschen. Vatis Feind kannte keine Gnade und in diesem Krieg, ausgelöst durch seine fürchterlichen Wutausbrüche, verlor er schließlich alles: seine Disziplin, den Respekt seiner Familie, Mutter und schließlich auch sein Leben, eingeschlossen in einer Zwangsjacke in einem Gefangenenhospiz und heimgesucht vom Delirium.

Am Tag der Beerdigung fühlten wir, alle vier Hinterbliebenen, eine Mischung aus Schmerz und Erleichterung. Onkel Manfred, der zu diesem Zeitpunkt bereits einen höheren Posten in der NSDAP innehatte, versprach uns, dass sich nun alles ändern würde und – auf eine seltsame Art und Weise – hatte er auch Recht.

Ich versuchte, nicht zu spät nach hause zurückzukehren. Mutter hatte mich vor den fanatischen Kerlen des SA-Jugendbundes gewarnt, die mit ihren billigen braungrauen Hemden herumliefen und in ihrer Überheblichkeit viel Lärm machten, ja sogar Leute mir nichts dir nichts schlugen und sich zusammen rotteten, ihre Fahnen schwangen und Banner hochhielten.

Eines Nachmittags war ich jedoch so in meine Lektüre vertieft, dass ich gar nicht bemerkte, dass vier von ihnen herangekommen waren und nun die Bank, auf der ich saß, umrundeten. Sobald ich aufmerkte, waren sie bereits im Begriff, sich schreiend auf mich zu stürzen und während sie mir alle möglichen Schimpfwörter wie „Schwuchtel" an den Kopf warfen, schleppten sie mich ins halbdunkle Gebüsch. Ich versuchte zu schreien und mich loszumachen aber meine Arme und Beine waren wie gelähmt; für ein paar Sekunden glaubte ich, es ginge zu Ende aber was sie mir dann - einer nach dem anderen in der brutalsten Art und Weise antaten - ließ bei mir den Gedanken aufkommen, dass es besser gewesen wäre, zu sterben.

Als ich wieder zu mir kam, schaffte ich es, meine Unterwäsche und meine Hose – beides voller Blut – hochzuziehen und das, obwohl mich meine Beine kaum tragen konnten und der Schmerz schier unerträglich war. So schleppte ich mich nach hause, wo ich dann gleich wieder das Bewusstsein verlor und in Mutters Armen zusammenbrach.

Ich wachte in einem Krankenhausbett auf neben einer Krankenschwester, die meine Decken in Ordnung brachte. Als sie sah, dass ich die Augen geöffnet hatte, sagte sie:

- „Ein schlimmer Sturz! Was hast du dir bloß dabei gedacht, auf diesen Baum zu klettern?"

Onkel Manfred erklärte uns, er habe alles so dargestellt, als sei es ein Unfall gewesen, denn sonst wäre meine Zukunft für immer ruiniert. Und trotzdem gab es ja da immer noch diejenigen, die mich so brutal verletzt hatten.
Ein ganzes Jahr lang wagte ich nicht, das Haus zu verlassen. Die Vorstellung, mich erneut diesen Bestien gegenüber zu sehen, die mir so viel Leid zugefügt hatten, löste ungeheure Panik in mir aus. Tagsüber lernte ich und abends musste ich Baldriantropfen in Wasser trinken, um einschlafen zu können. Doch retteten diese mich nicht vor dem schrecklichen Albtraum, der immer wiederkehrte und mich jahrelang verfolgte: Die vier Grobiane waren hinter mir her und ich rannte und rannte, um mein Haus zu erreichen, doch ihre Stimmen kamen immer näher und schließlich griff eine Hand nach mir......

Dann veränderte ein Geburtstagsgeschenk mein Leben. Onkel Manfred brachte mir einen Volksempfänger, den er als Geschenk der Partei erhalten hatte, verziert mit einem eleganten Schild und Hakenkreuz. Ich habe mich nie wieder von diesem Radio getrennt und hatte nun einen elektronischen Freund für die Zeiten des Alleinseins.

Am Freitag, dem 10. Februar 1933 machte ich gerade meine Rechenaufgaben als eine Stimme aus dem Radio ertönte. Es handelte sich um den neuen Kanzler, Adolf Hitler, der über die Gleichheit innerhalb der Partei und den Weltfrieden sprach, das Ende der wirtschaftlichen Entbehrungen und ein neues, großes Deutschland für die Deutschen. Ach, hätte mein Vater jemals so sprechen können, mit soviel Nachdruck und Inbrunst!

Von nun an lauschte ich regelmäßig seinen Reden und wollte mehr über ihn erfahren, erkundigte mich also bei meinen Schwestern, ob sie mehr über ihn wüssten. Diese sahen sich an und schließlich teilte Maria mir mit, dass ich noch sehr klein für solche Themen wäre und das Gespräch war beendet.

Dennoch identifizierte ich mich mittlerweile dermaßen mit der Idee und Person, die ich vor meinem geistigen Auge sah, dass ich mich förmlich auf Onkel Manfred stürzte, als dieser zu seinem nächsten wöchentlichen Besuch erschien und ihn bat, mir von der Partei zu erzählen und wie ich dort Mitglied werden könne.

Nach drei Tagen hielt ich ein Exemplar von „Mein Kampf" in den Händen. Ein Mitglied der Hitlerjugend hatte es gebracht und direkt nach mir gefragt. Er war blond, hatte tiefblaue Augen und trug eine elegante Krawatte sowie aufgenähte Abzeichen am linken Ärmel. Ich stand still vor Bewunderung und versuchte mir vorzustellen, wie ich selbst damit aussähe. Für sein Alter sprach er mit einer außergewöhnlich männlichen Stimme, stellte sich vor und sagte: „Brünner,....Ralf Brünner."

Er kam im Auftrag meines Onkels, des Standartenführers Lothringen und sollte solange bei mir bleiben bis er mir alles erklärt hätte was ich wissen wollte. Leider waren meine Mutter und meine Schwestern weit weniger enthusiastisch als ich selbst und servierten ihm zähneknirschend Tee und Apfelstrudel.

Dank meiner familiären Beziehungen durfte ich die Aufnahmeprüfung an der Internatsschule Napola in Potsdam ablegen, die ca. 500 Kilometer weit entfernt war. Mein Besuch dieser Kaderschmiede der NSDAP sollte mir eine privilegierte Position innerhalb der Partei sichern und ich würde womöglich schon bald umziehen.

Am Tag der Prüfung reiste ich mit meinem Onkel per Zug an. Er trug seine schmucke schwarze Uniform, die – wie ich erst später erfahren sollte – von Hugo Boss für die SS kreiert worden war. Ich fühlte mich so wichtig, dass ich ohne jede Angst eintrat. Ich fühlte mich selbstsicher und – zum ersten Mal in meinem Leben- als einem größeren Ganzen zugehörig.

Nachdem Ralfs Besuche bei uns zur Gewohnheit geworden waren, hatten wir Adressen ausgetauscht und ich schrieb ihm voller Stolz an meinem ersten Schultag, dass ich erfolgreich gewesen und aufgenommen worden war.

3. Pater Mateo

Pater Mateo Lancović hatte das Priesterseminar mit exzellenter Bewertung abgeschlossen, aber auch mit einem Geheimnis.

Das Priesteramt wurde ihm in Kroatien erteilt und er hatte in seinen letzten Dienstjahren in seinem Vaterland vielen Gläubigen, die später in den Dienst der Ustascha treten sollten, die Beichte abgenommen, im besonderen auch Oberst Krunoslav Draganović, dem zukünftigen Kardinal und späterem Hauptkontakt vieler Kriegsverbrecher, die vorhatten, nach Argentinien zu flüchten. Darunter war auch Ante Pavelić, der „kroatische Führer".

Daher war er für den britischen Geheimdienst von unschätzbarem Wert und zugleich extrem gefährlich für die Sympathisanten der Achse. Dass einem Priester bei Bruch des Beichtgeheimnisses die Exkommunizierung drohte, stellte in seinem Fall das kleinere Übel dar verglichen mit dem, was geschehen konnte, wenn die Alliierten an die Informationen kämen, über die Pater Mateo verfügte.

Am Mittwoch, dem 3. Februar 1943 bekam er in der Kirchengemeinde San Francisco de Asis, Lomas de Zamora, eine Ausgabe der Tageszeitung „La Prensa" in die Hände.

Nachdem er darin einen kurzen Artikel gelesen hatte, der der Schlacht in Stalingrad vor einem Jahr gedachte, die ungefähr zwei Millionen Menschenleben gekostet hatte – dies betraf mehrheitlich sowjetische Zivilbürger – fasste er einen Entschluss, den er den Rest seines Lebens bereuen sollte. Er beschloss, zu seiner Gemeinde von seiner Bewunderung für eine Nation zu sprechen, die - obgleich militärisch unterlegen und mit mehr Courage als Waffen ausgerüstet – es geschafft hatte, den bis dahin unbesiegbaren Feind – die Nazis – zu besiegen und zurückzudrängen. Er verglich diese Vorgänge mit dem Kampf der ersten Christen gegen die Römer.

Das allerdings war keine gute Idee.

Das Vorgehen eines kommunistischen Staates während einer Predigt in einer katholischen Kirche zu rechtfertigen, noch dazu zu Zeiten einer Militärdiktatur, würde ihm noch Probleme verursachen und so geschah es dann auch.
Die Alliierten, die bereits die Grundlagen für den kalten Krieg schufen, die Achsenmächte und die Kirche hatten einen gemeinsamen Feind: Stalin und den

Marxismus und da wollte Pater Mateo eine Art Verteidigungsrede zugunsten derjenigen halten, die das Feindbild von 75% aller Welt darstellten.
Der Zuständige Bischof hatte ihm bereits angeraten, sich auf religiöse statt auf weltliche Themen zu konzentrieren:

„Pater Mateo", sprach er, „was gewisse Vorfälle im Seminar anbelangt, war die Kirche sehr nachsichtig mit Ihnen und ersparte Ihnen einen mühevollen Prozess indem man Sie weit weg von Ihrer ursprünglichen Position hierher versetzte. Aber Sie müssen auch verstehen, dass es nicht möglich sein wird, Ihre Übertretungen in saecula saeculorum, also für immer und ewig zu vertuschen und schlussendlich werden wir die Konsequenzen nicht mehr beeinflussen können und man wird sich auf einer Ebene damit befassen, die weit weniger friedlich agiert als unsere kirchliche Gemeinschaft hier."

Der Pater verstand, dass der Bischof ihm nicht drohen wollte, sondern tatsächlich beunruhigt war und dass nicht nur seine Priesterschaft sondern auch seine Freiheit, ja, womöglich selbst sein Leben in Gefahr waren.

Dennoch war er weiterhin als Salesianer der Meinung, dass er sich seinen Gemeindegliedern besser annähern könne, wenn er sich mit den Gegebenheiten des irdischen Lebens befasste und seine Predigten einen Charakter annähmen, der tagesaktuell war. So wäre er volksnah ohne irgendeine Arbeiter- oder Studentenbewegung zu unterstützen oder Sympathie für eine politische Richtung auszudrücken und habe sich daher nichts vorzuwerfen. Zumindest in der Theorie.

Es mag an der göttlichen Vorsehung, seinem Karma oder einfach seinem Pech gelegen haben, dass ausgerechnet zu dieser besagten Predigt der Bischof anwesend war. Einer der teilnehmenden Ministranten sollte später berichten, dass sich der Gesichtsausdruck des Bischofs nach und nach verwandelte bis er schließlich abrupt aufstand und zum Ausgang rannte. Er sollte in dieser Kirche vor Eintreffen des neuen Gemeindepriesters nicht mehr gesichtet werden.

Das Eiltelegramm, das die Apostolische Nuntiatur an den Vatikan schickte, wurde umgehend beantwortet. Selten hatte der Heilige Stuhl eine fristlose Entlassung ausgesprochen aber ein katholischer Priester, der die Sowjetunion derart lobte, war einfach völlig inakzeptabel.

4. Die Reise

Einige Tage nach dem Vorfall während der Messe und dem erwähnten Telegramm erhielt der Bischof eine Mitteilung, die das Siegel des Erzbistums Buenos Aires trug, in dem er zu einer Zusammenkunft in der Kurie der Metropole eingeladen wurde.

Kardinal Gabrielli war bislang glücklich gewesen. Und dies nicht einmal da er für den Erzbischof nominiert worden war, sondern weil seit dem Besuch des Kardinals Pacelli vor einigen Jahren die Schar der Gläubigen einen Grund erhalten hatte, neuen Glauben zu entwickeln und frische Hoffnung zu schöpfen. Jetzt aber musste der Heilige Vater – das Amt hatte bereits Pius XII inne – sich mit den schwierigen Zeiten eines Weltkriegs auseinandersetzen und – was noch schwieriger war – seine Gemeinde in einer zweigeteilten Welt führen, die hartnäckig darauf bestand, die zur anderen Seite gehörigen abzuschlachten und das in einer Form und in einem Ausmaß, das man noch nie gesehen hatte.

Dennoch, die Entscheidung, die den Erzbischof von Buenos Aires erwarten sollte, würde bei weitem ihre Schatten über jedwede militärische Strategie werfen....

Die am Treffen in der Kurie Teilnehmenden, die sich im Konferenzsaal verschanzten, schienen der Konklave in der Sixtinischen Kapelle nacheifern zu wollen, einer nach dem anderen traten sie ein:

der apostolische Nuntius, der Präsident des höchsten Gerichtshofs, der Bischof von Lomas de Zamora, der persönliche Sekretär des deutschen Botschafters sowie zwei Regierungsvertreter in Zivilkleidung.

Sobald sie ihre Plätze eingenommen hatten, hub ihre Eminenz mit jener Baritonstimme an, die seinen Worten Gewicht verlieh und eröffnete die Konferenz.

- „Ich weiß, dass einige von Ihnen gar nicht wissen, weshalb Sie hierhergebeten wurden. Es mag redundant erscheinen aber ich möchte um maximale Diskretion bitten, da jedes Durchsickern von Informationen katastrophale Auswirkungen für alle Beteiligten haben kann. Wir müssen uns um einen äußerst heiklen Fall kümmern, über den sich bereits die Zivil-, Polizei- und Gerichtsbehörden die Köpfe zerbrochen haben genauso wie die kirchlichen und da er bereits in der Öffentlichkeit bekannt wurde, müssen wir uns sputen und eine Entscheidung treffen, ehe die nationalen und internationalen Medien darin herumwühlen und uns die Sache über den Kopf wächst. „Monsignore", sagte er weiter und wandte sich dem Bischof von Lomas de Zamora zu, „Seien Sie doch so gut und nennen Sie uns die Fakten."

- „Gut. Also Sie sollten wissen, dass es in meiner Diözese einige Vorfälle gegeben hat aufgrund derer ich Nachforschungen anstellen musste, um genaueres zu erfahren und es dann sofort über den Erzbischof dem apostolischen Nuntius zu melden. Seine Hochwürdigste Exzellenz hat sich dann mit dem Gericht des Heiligen Offiziums des Vatikans in Verbindung gesetzt und bereits eine Antwort erhalten. Ich bitte Eure Hochwürdige Exzellenz, fortzufahren."

- „Zunächst möchte ich klarstellen, dass das, was mit dem Priester von Lomas de Zamora passiert ist, keinen Einzelfall darstellt. Im Gegenteil, die Menge solcher krankhaften marxistischen Ausfälle im Bereich der Kirche, der dem einfachen Volk, also jenen, die zur Messe gehen, am nächsten ist, ist alarmierend. Diese Leute halten sich soweit es geht an die Gebote und diese Bedrohung muss von ihrem Glauben ferngehalten werden. Deshalb hat der Vatikan folgendes beschlossen: äußerste Diskretion und das Entfernen der betroffenen Priester von ihren Gemeinden. Sie sollen versetzt werden an Orte, an denen sie Abbitte leisten können, um sich selbst durch gute Taten, Buße und Opfer wieder zu reinigen. Das betrifft sowohl ihr Gewissen als auch ihr

Image. Dies kann nur dann von Erfolg gekrönt sein, wenn wir alle an einem Strang ziehen und jede Institution beteiligt wird.“

Der Präsident des höchsten Gerichts fügte hinzu:

- „Der oberste Gerichtshof hat beschlossen, in diesem Fall nicht einzugreifen, da dem Justizminister zufolge dies lediglich im kirchlichen Bereich zu klären ist und nicht im zivilrechtlichen Bereich liegt.“

Der deutsche Botschafter hatte lediglich einen Abgesandten geschickt, der verlauten ließ, der Führer habe – über seinen Vertreter Josef Müller - eingewilligt, die Priester an der französisch - spanischen Grenze durch die Gestapo in Empfang zu nehmen sofern sie ihre „schlechten Angewohnheiten“ abgelegt hätten. Die Kriegsmarine würde informiert werden, sie möge das für den Transport bestimmte Schiff nicht angreifen. Es würde einen Identifikationscode per Geleitbrief mit sich führen, der einsehbar wäre, sollte das Transportmittel aufgehalten werden. Weiterhin sollten für U-Boote sichtbare Kennzeichen angebracht werden und um neutral auszusehen, sollte das Schiff unter argentinischer Flagge reisen.

Für diejenigen, die sich mit den Praktiken der Geheimdienste auskannten, waren zwei Zivilisten deutlich erkennbar: der Chef des argentinischen Geheimdienstes CIPE, und Naziagent Rodolfo Ludovico Freude und Admiral Rouge. Diese wären für die neuen Identitäten der Priester und die entsprechenden Dokumente inklusive Pässe zuständig und würden bis zu dem Moment der Abreise dafür sorgen, dass sie geschützt wären und unangetastet blieben, bis sie sich auf dem Schiff befänden, dass sie nach Spanien bringen sollte.

5. Neu bei den Totenköpfen

Ein paar Jahre waren vergangen und ich hatte bereits meine Studien in der Napola abgeschlossen. Ralf hatte in Bad Tölz gelernt und war nun bereits ein stolzer Vertreter der SS-Totenkopfverbände und dem KZ Dachau zugeteilt. Da er über gute Beziehungen verfügte, bot er mir dort einen Posten an, was auch den Vorteil hatte, dass ich nicht mehr zu weit weg von der Familie leben würde. Außerdem würde ich als Aufseher gute Aufstiegschancen haben, je nachdem, wie ich mich bewährte und ganz unbescheiden kann ich sagen, dass ich in nur eineinhalb Jahren erfolgreich von einem simplen SS-Anwärter zum Oberscharführer aufstieg.

Ralf war im gleichen Zeitraum zum SS-Hauptscharführer und Vertreter des Lagerkommandanten befördert worden.

Obwohl also sowohl Ralf als auch ich Karriere machten, war ich bedrückt aufgrund der Dienstroutine: die Sonderkommandos zu beaufsichtigen war etwas, das ich zu Beginn mit Begeisterung tat aber es wurde zur Routine. Nur der Glanz des Goldes, welches in Schubkarren abtransportiert wurde, gab mir ein Gefühl von Zufriedenheit. Diese Juden hatten sich ihre Münder mit dem Hunger des Volkes angefüllt!

Ein Anruf von Onkel Manfred beendete meine traurigen Gedanken jedoch. Er sagte, ich könne mich freuen, da hoher Besuch auf dem Weg zu uns wäre.

Und das glaubte ich gern, war es doch kein geringerer als SS-Obergruppenführer Reinhard Heydrich, Held der Kristallnacht und lebende SS-Legende. Es muss sich um etwas sehr Dringendes gehandelt haben. Ein zirka zweistündiges Treffen fand zwischen ihm und der Lagerleitung hinter verschlossenen Türen statt. Danach stieg er in sein Auto und verschwand Richtung Hauptstraße mit seinen zahlreichen Begleitern. Alle Sicherheitsvorkehrungen sollten ihm schließlich nichts nützen, wurde er doch kurz darauf von einem Partisanentrupp in der Tschechoslowakei ermordet. Wir haben ihn gerächt: Die Mörder und ihre Komplizen sowie die dazugehörigen Familien wurden in den armseligen Dörfern von Lídice und Ležáky, die auf direkten Befehl des Führers dem Erdboden gleichgemacht worden, eliminiert.

Als wir uns an jenem Tag mit Ralf zum Abendessen setzten, erwähnte er, dass wir eine besondere Lieferung erhalten würden, die von der anderen Seite des Ozeans käme und für die eine Baracke hergerichtet werden müsse. Ich weiß nicht recht, was in dieser Nacht anders war aber im Mondlicht erblickte ich Ralf plötzlich als sähe ich ihn zum ersten Mal: seine ausdrucksstarken Augen, sein Haar, das leicht auf eine Seite herabfiel, wenn er die Mütze abnahm...Gedanken, die ich lange zu verdrängen gesucht hatte, kamen mir erneut in den Sinn und ich konnte nicht verhindern, dass sich eine Welle von Wärme auf meine Wangen legte. Ich versuchte dies zu überspielen aber irgendetwas schien mich zu verraten, denn während wir weiter Dienstliches besprachen, hielt er inne, um dann mit einer ehrlich besorgten Stimme und gleichzeitig väterlichem Blick zu mir zu sprechen:

- „Klaus, ich weiß ja nicht, was in dir vorgeht, aber hör bitte auf, so zu schauen und benimm dich, wie es einem der SS Zugehörigen geziemt. Danach wechselte er das Thema, wie um das ganze herunterzuspielen aber er kannte mich ja ziemlich gut und ich wusste, dass es nicht einfach so vergessen würde. „Und übrigens, um deine Stimmung zu heben habe ich noch eine Überraschung für dich. Seit du mir von deinem „Sturz vom Baum“ erzählt hast, habe ich nach diesen Typen gesucht. Morgen um sechs erwarte ich dich am Weihnachtsbaum, erweis’ mir doch bitte die Ehre.“

Ich senkte den Blick. Er wusste über alles, was mir in meiner Kindheit passiert war, Bescheid und verhielt sich mir gegenüber immer wie ein größerer Bruder. Meine Gefühle für ihn jedoch, waren nicht so knapp zu umreißen: sein Herz war ein klarer Himmel, meines dagegen aufgewühlt von Defoes Romanen. Defoe war einer der Lieblingsschriftsteller des Führers.

- „Du solltest wissen, dass der Lagerkommandant – auf meine Empfehlung hin – dich mit der In Empfangnahme der Ankommenden beauftragt. Es handelt sich um eine Gruppe von Priestern, die sich Verschiedenes zuschulden kommen ließen. Man hat ihnen gesagt, sie würden hierher geschickt, um im medizinischen und religiösen Dienst zu helfen aber in Wirklichkeit sind sie eher „Gefangene mit Privilegien“. Um Auseinandersetzungen zu vermeiden, hat man ihnen nicht gesagt, dass sie nach den gleichen Regeln, wie die restlichen Lagerbewohner behandelt werden und sich uns unterzuordnen haben. Sie stehen unter unserem Befehl und wenn es nötig ist, werden auch sie durch Zyklon B enden wie die anderen. Es wird ganz von dir abhängen, du musst gar keinen Vorgesetzten damit belästigen. Und was diese SA-Schweine angeht, hier sind die Informationen über jeden einzelnen. Du kannst mit ihnen verfahren, wie du willst. Und jetzt, lass uns schlafen: „Heil, Hitler!“

6. Blutrot

Der Erzbischof war ein guter Christ und als solcher hielt er es für notwendig, sein Gewissen zu läutern. Er sah sich selbst als eine Art Mischung aus Judas Iskariot und Pontius Pilatus. Jener Mann, obgleich schuldig im Sinne der katholischen Religionslehre, wurde zu einer Art römischem Zirkus geschickt und die Bestien, die ihn dort erwarten würden, waren von Mitleid weit entfernt.

Auch wenn er dann schließlich beruhigt sein konnte, dass seine geliebte Kirche von diesen widerlichen Sünden gereinigt war, grübelte er, was einst dort oben geschehen würde, wenn er auf der Anklagebank säße und über das, was er im Leben getan hatte, Rechenschaft ablegen müsste....

In einem Wutanfall riss er sich das Scheitelkäppchen vom Kopf und schmiss es so weit von sich, wie er konnte während er schrie:

- „Habe ich etwa diese rote Farbe vergessen, die mich an meinen Schwur erinnern soll, dass ich mein Blut für unseren Herrn gäbe und zum Märtyrer würde? Und bin ich so scheinheilig, dass ich nun andere ins Martyrium schicke?“

Nach zwei schlaflosen Nächten fasste er schließlich einen Entschluss. Er legte seine Dienstkleidung ab und ließ sich von seinem Chauffeur zum Kunstmuseum in der Allee des Befreiers bringen. Er sagte ihm, dass er gern allein sein würde und das dies ein geeigneter Ort sei, woraufhin jener ihn ohne Bedenken allein ließ.

- „Bitte, Cosme“, sagte er zu ihm während der Fahrt, „dieser Ausflug ist eine kleine Eskapade, ich erwarte von ihnen Diskretion“.

Er zwinkerte, so dass es im Rückspiegel sichtbar war und er wusste, Cosme würde schweigen, wie ein Grab.

Das Kunstmuseum war dem Erzbischof nicht unbekannt. Er hatte dort als Junge gearbeitet und so fiel es ihm nicht schwer, den Hinterausgang zu finden und auf die Straße zu gelangen, die er 200 Meter entlanglief bis er zur Botschaft Großbritanniens kam. Schnell ließ er dort den anonymen Brief in den Briefkasten gleiten und ging zurück zum Haupteingang des Museums, das er nun mit einem Gesichtsausdruck verließ, der an Unschuld dem des Erzengels Gabriel während der Verkündigung gleichkam.

Er wusste jedoch nicht, dass die Alberdi Bibliothek im ersten Stock des Gebäudes und ohne öffentlichen Zugang einen der wichtigsten Freimaurertreffpunkte von Buenos Aires darstellte und dort auch die Geheimdienste der Alliierten Informationen austauschten. Und dass in einem Land, das zwar nach außen hin neutral war, jedoch den rechten Arm zum Salutieren hochreckte. Schließlich gelangte der Brief an den Empfänger und der Inhalt war bald der gesamten alliierten Flotte bekannt.

7. Navigieren zwischen Haien

Eine Woche nach dem Treffen in der Kurie fuhren drei schwarze Chevrolet Sedan zum Hafen von Buenos Aires, Dock B noch bevor das Tageslicht den Rio de la Plata erhellte. Vierzehn Männer gingen an Bord eines einsamen Kriegsschiffs. Zwei davon kamen ein paar Minuten später wieder heraus.

Das Schiff brach in aller Stille nach Europa auf, nur die Schiffsschrauben waren zu hören.

8. Alarmierende Stimmen

In der Downing Street, Nummer zehn, war an diesem Morgen viel Betrieb. Im Kabinettssaal, geschmückt vom Gemälde Danckerts und der Büste Disraelis, die jede Bewegung zu überwachen schien, hörte man ein Stimmengewirr: britisches und amerikanisches Englisch sowie alle denkbaren Variationen; eine dickliche Figur mit Zigarre brachte schließlich die Menge zur Ruhe.

- „Meine Herren, Argentinien schickt ein sehr wertvolles Informationspaket an Deutschland und zwar in einem Schiff, dass wir abfangen müssen, bevor sie davon Besitz ergreifen können."

Danach zog er sich aus dem Saal zurück und ließ alle anderen in einer Art Wirbelsturm von Aktivitäten zurück: Telefonate, Hin- und Her Gerenne und Befehle auf allen Ebenen....eines jener Telefonate wurde von einem Spion der Abwehr geführt, so dass innerhalb von Stunden der Chef der deutschen Abwehr, Canaris, die Botschaft zu hören bekam. Er informierte alle U-Boote, die sich in der Nähe der Schiffsroute befanden, von Argentinien bis Port St. Nazaire machten sie sich bereit. In St. Nazaire waren zwei der 6. Flotte, die sich anschickten, das Mittelmeer und die portugiesische Küste zu kontrollieren und in Argentinien, am geheimen Stützpunkt Punta Mogotes in der Provinz Buenos Aires, wurden noch zwei zusätzlich bereitgestellt, die als Begleitung dienen sollten.

So wurde eine der wenigen Seeschlachten vorbereitet, die einmal nicht in den Geschichtsbüchern stehen würde und an die sich eines Tages nur ein Überlebender der Admiral Graf Spee aus Uruguay erinnern sollte.

Der Kreuzer HMS Sheffield konnte dann im Archipel der Azoren das argentinische Schiff per Radar lokalisieren und wechselte sofort die Richtung, um es abzufangen. Nach einer halben Stunde stieß noch die HMS Invincible hinzu. Nach zwei Seemeilen waren sie jedoch von den Periskopen der U-Boote erfasst worden, die dann ihre Arbeit schnell und effektiv ausführten. Im

Handumdrehen und ohne zu wissen, woher ihr Verderben rührte, versanken die beiden englischen Kriegsschiffe mitsamt ihrer kompletten Besatzung im eisigen Atlantik.

Sowohl die verpönten Passagiere als auch die Besatzung des Kriegsschiffes mit dieser Sonderfracht konnten dies an Deck aus einiger Entfernung beobachten und ihre restliche Reise verlief, abgesehen von einigen Explosionen in der Ferne, ohne weitere Zwischenfälle. So erreichten sie Spanien mitsamt dem „Informationspaket“ und elf – noch - wohlbehaltenen Priestern.

9. Quo vadis, Priester ?

Die südliche Hafeneinfahrt des Hafens von Barcelona schien ganz ruhig abgesehen von der ungewöhnlich hohen Anzahl von Personen der Guardia Civil, die sich um ein argentinisches Schiff, die A.R.A. General Roca, versammelt hatten.

Nach einer Stunde holten zwei Mercedes Benz ohne Flagge aber mit diplomatischen Kennzeichen die Passagiere ab, die mit unsicheren Schritten den hölzernen Pier betreten hatten und nun per Bahn von Barcelona nach Canfranc weitertransportiert werden sollten, wo man sie der Gestapo wie vereinbart aushändigen würde. Begleitet von einem kleinen Gefolge der Guardia Civil, stiegen sie in den Zug, um nun die fehlenden 358 Kilometer zurückzulegen. Auf der Höhe des Bahnhofs von Lérida hielt der Zug an und man konnte sehen, wie aus einigen Militärlastwagen zirka 50 Personen ausstiegen, die von bewaffneten Wachen umgeben waren. Sie mussten in fensterlose Waggons einsteigen. Es handelte sich um jüdische Kommunisten, die der Republik gedient hatten und gefangen genommen worden waren, wie die Wächter auf Nachfrage berichteten. Sie sollten nach Deutschland deportiert werden. Außerdem gab es noch flüchtige Juden, die irgendwo auf spanischem Territorium aufgegriffen worden waren um dann vorübergehend im Lager von Jaca festgehalten zu werden. Dies entsprach einer Abmachung unterzeichnet von Himmler während seiner Spanienreise und dem Generalissimus, damit die Heimat frei von schlechten Einflüssen und „katholisch rein" bliebe, wie sich der Caudillo selbst auszudrücken pflegte.

Sie verdienten dieses Schicksal schon allein weil sie Juden waren, bemerkte jemand und dass Spanien dieselbe Politik der „Reinheit von Juden" verfolgen solle. Obwohl dies sehr traurig war glaube ich, dass der schlechteste Teil unserer Reise der Zwischenfall war, den wir am Bahnhof von Canfranc erlebten. Als wir ankamen, gingen wir durch den Haupteingang und dann nach links bis zu einigen Gestapo-Büros, wo unser karges Gepäck untersucht wurde. Und nachdem unser Chefaufseher einige Formulare ausgefüllt hatte, überließ er uns einer SS-Gruppe, die uns bis zu einem Bahnsteig auf der gegenüberliegenden Seite, wo die Züge Richtung Frankreich abfuhren, begleiten sollte. Am Bahnhof Canfranc herrschte ein ungeheures Gewimmel: man hörte verschiedene Sprachen, verzweifeltes Schreien, sah verdächtige Blicke, hörte Lärm von ankommenden und abfahrenden Zügen, von denen manche ihre Passagiere zur Freiheit andere zum Tode bringen sollten.

Es war sozusagen die Bahnhofsversion des Purgatoriums aus der Göttlichen Komödie von Dante Alighieri, sämtliche menschlichen Miseren waren sichtbar, mit oder ohne Uniform, es war quasi der Vorhof der Apokalypse.

Ich erinnerte mich an die Lektionen aus dem Seminar über die Lehren des Matthäus und das Vaterunser. „Und vergib uns unsere Schuld wie auch wir vergeben unsern Schuldigern" gemischt mit denen von Johannes, der über den Fall der ehebrecherischen Frau sprach: „Und wer von uns ohne Sünde ist, der werfe den ersten Stein," – Wörter die hier eine andere Dimension anzunehmen schienen, für einen Moment schien es mir, als sei niemand in dieser Parodie „sauber" und diese Juden, die in die Hölle eingehen würden… lebten sie eigentlich noch oder waren sie nur noch Schatten ihrer selbst?

Es war also wahr, was wir in Argentinien gehört hatten. Aber nicht nur wahr sondern auch viel schlimmer als wir es uns vorgestellt hatten.

Als ich in den Zug stieg dachte ich darüber nach, dass man nicht sterben müsse, um Höllenqualen kennenzulernen.

Ein paar Stunden später, nachdem wir die Grenze überschritten hatten, gelangten wir zu einem kleinen Flughafen, wo uns ein Flugzeug und der dafür Verantwortliche erwarteten. Er sprach ein wenig Spanisch und sagte uns:

- „Machen Sie es sich bequem, die Junkers 52 ist ein Luxustransportmittel, das ihnen der Führer und die Luftwaffe zur Verfügung stellen. Wir haben noch zirka eintausend Kilometer vor uns."

Oberflächlich betrachtet, schien er liebenswürdig zu sein aber dennoch bemerkte ich eine unterschwellige Ironie in seinen Worten. Obwohl wir Richtung blauer Himmel aufstiegen, schien das ganze inszeniert zu sein und zwar auf gemeinste Art und Weise. Wir schienen abzustürzen in die wahrhaftige Hölle und ich bereute alle meine Sünden wie niemals zuvor.

10. Lasciate ogni speranza, voi ch'entrate…

- Lasst, die ihr eintretet, alle Hoffnung fahren!

Wir landeten auf einem kleinen Flugfeld, wo uns ein Lastwagen erwartete. Es fiel ein kühler Nieselregen und nach weiteren Minuten, etwa zwanzig, erreichten wir einen riesigen Gebäudekomplex, an dessen Eingangstoren die Aufschrift „Arbeit Macht Frei" angebracht war.

Ich fragte den Verantwortlichen, was dies bedeute und mit einem teuflischen Ausdruck in den Augen erklärte er es mir. Dann lachte er hämisch woraufhin die übrigen Militärs einstimmten. Plötzlich hörte er auf und zwickte mich derart in die Wange, dass mir eine Träne aus dem Auge quoll.

- „Ab jetzt, sprichst du nur noch wenn du gefragt wirst, du Schwein, und ansonsten schweigst du!"

Es hatte also nicht lange gedauert, bis sich mir bestätigte, was ich seit dem ersten Anblick dieser schwarzen Uniformen vermutet hatte: die Masken würden jederzeit fallen, es war nur eine Frage der Zeit. Und diese Zeit war nun gekommen.

11. Vesper in der Walhalla

Die Walküre kam mit einem kleinen Serviertisch und verschwand in einer derartigen Stille, dass ich mich fragte, ob es sich um einen Menschen oder ein Hologramm handelte. War das ein normaler Arbeitstag im Lager ?", fragte ich. „Ich nehme an, dass Sie und Herr Lothringen nicht viel Zeit hatten, sich hinzusetzen und sich zu unterhalten."

- „ Genauso war es. Ich hatte dem Lagerkommandanten täglich bei der Ausarbeitung seines Terminkalenders behilflich zu sein sowie bei allem Bürokram und der Weiterleitung seiner Anordnungen an die verschiedenen Sektionsleiter. Wir pflegten sehr früh aufzustehen und bis zum Einbruch der Nacht zu arbeiten. Klaus Arbeit war leichter aber auf eine gewisse Art auch härter. Er musste die Sonderkommandos leiten, die die Körper wegzuräumen hatten, die in verschiedenen Schichten anfielen."

- „Schichten?", wagte ich zu unterbrechen.

- „Ja", sagte er während er mich mitleidsvoll anschaute. „Obgleich die Methoden ziemlich effektiv waren, waren sie lange nicht perfekt. Das Blausäuregas Zyklon-B funktionierte sehr gut aber es gab zwei grundlegende Probleme. Das erste bestand darin, dass keine passende Dosis für jeden Gefangenen kalkuliert und angewandt werden konnte, die der jeweiligen Größe, dem Alter und der körperlichen Verfassung entsprochen hätte. Deshalb konnte man sie nicht alle gleichzeitig „verarbeiten". Die ältesten und schwächsten begannen ihren Abschiedstanz – wie wir es zu nennen pflegten – zuerst und schrien dabei in allen dem Menschengeschlecht bekannten Sprachen. Laut Klaus schrien die Zigeuner am meisten. Die Juden dagegen beteten trotz der Schmerzen und des Erstickens. Danach folgten die Größeren, denn das Zyklon-B ist leichter als die Luft. Das bedeutet, sie stürzten quasi in Schichten nieder und die einen stapelten sich über die anderen. Diese Unglücksraben machten uns zudem das Leben bis zum allerletzten Moment schwer, da sie noch kackten oder Wasser ließen wo sie fielen und alles ganz ekelhaft hinterließen. Und dann musste noch jede Gruppe überprüft werden, so dass sie bereit für die letzte Inspektion zwecks Entfernen von Zahngold wieder aus der Gaskammer herauskam bevor sie zu den Krematorien oder Gruben weitertransportiert wurde. Aber ich fürchte, ich langweile sie mit so vielen technischen Details. Nehmen sie doch bitte etwas kalten Hund, zubereitet von Eva, meinem Dienstmädchen."

Ich fühlte, dass ein scharfer Schmerz langsam meine Kehle heraufstieg und meine Augen überquellen ließ und - hätte ich mich nun nicht zusammengerissen - beinahe das Interview auf unangenehme Weise beendete. Mein Professionalismus gewann jedoch die Überhand und ich verstand, dass dieser sadistische Greis mich auf die Probe stellen wollte. Ich nahm also ein Stück dieser Schokoladen-Butterwaffeln, biss hinein und schaffte es irgendwie, es herunterzuschlucken.

- „Herr Brünner", sagte ich, „könnten wir jetzt direkt zu jenen Gefangenen kommen?"

- „Ah, ja, diese kommunistischen Priester ..... Wie sie sicherlich wissen, entstand zu dieser Zeit in Argentinien und Spanien eine marxistisch – leninistische Revolutionsbewegung, die sogar Mitglieder der katholischen Kirche erfasste. Diese Umwälzung hatte den Segen Stalins und es war geplant, Kommunisten in Schlüsselpositionen in Kirche und Politik zu lokalisieren, um die ignoranten Massen beider Länder zu indoktrinieren, damit sie zu Sympathisanten des Sowjetregimes würden. Dieser Gruppe Zugehörige wurden uns von der Regierung Argentiniens sowie von Franco geschickt.

Ich machte mir Sorgen um Klaus und wollte, dass er in seiner SS-Karriere vorankam. Daher schlug ich ihn vor, als mir der Lagerkommandant mitteilte, dass er jemanden brauchte, um sie in Empfang zu nehmen, ihnen Aufgaben zuzuteilen, sie kahl zu scheren, ihnen Kleidung zuzuteilen und sie anschließend in ihren Baracken unterzubringen. Klaus schien mir geeignet für diese „Zeremonie“ des Appellplatzes.“

12. Vergeltung

Diese Nacht hatte ich denselben Albtraum, der mich über die Jahre verfolgt hatte: dieser Tag in Münchens Botanischem Garten wiederholte sich derart real, dass ich in Schweiß gebadet erwachte, so als hätte ich soeben einen Tausendmeterlauf beendet, beflissen, Blutreste in meiner Unterwäsche zu finden. Ich konnte nicht wieder einschlafen und zog mich daher eine Stunde früher an als ich es normalerweise tat. Ich ging langsam von unserer Baracke zu dem Baum, wo die Nachtwache gleichmütig ihren Dienst tat. Sie standen stramm, sobald sie mich sahen und ich sagte, sie mögen weitermachen. Ich blieb stehen, um zu beobachten, wie die Äste sich sanft im Wind wiegten, der bereits das Herbstende des Jahres 1944 ankündigte. Dieser Baum würde sich um meine Peiniger kümmern, diejenigen, die meine Ehre und Würde befleckt hatten.

Ich weiß nicht, wieviel Zeit vergangen war als ich eine Einsatzgruppe hörte, die Häftlinge mit dem Buchstaben „S“ auf ihrer Kleidung, was sie als gefährlich ausweisen sollte, heranführte. Die Sonne zeigte sich bereits schüchtern über dem Lager. Dann war ich zurück im Hier und Jetzt. Sie waren an den Füßen und Händen angekettet und ihre Gesichter waren – wohl durch Schläge – so entstellt, dass die Angeber aus meinen Albträumen nur noch schwer erkennbar waren.

Ralf drehte ihnen den Rücken zu und kam zu mir, um mir ins Ohr zu flüstern:

- „Herzlichen Glückwunsch zum Geburtstag, Klaus!!!“

Er schaute mich an und lächelte dabei so wie man einen kleinen Jungen anlächelt, der lange auf sein Geschenk gewartet hat. Und er lag ganz richtig. Ich hatte mir diesen Moment auf tausenderlei Art vorgestellt und mit tausend verschiedenen Todesarten; ich hatte sie in meiner kindhaften Vorstellung ohne jegliches Mitleid gefoltert, genauso, wie sie es mit mir getan hatten.

Und jetzt standen sie da, wissend, dass ich über ihre Leben gebot aber ohne zu wissen, wer ich eigentlich war. Bis plötzlich einer von ihnen ausrief als könne er meine Gedanken lesen:

- „München, der botanische Garten!!!"

Sie schauten sich an und begannen zu heulen und um Gnade zu bitten. Sie hatten einiges mitgemacht ohne klar zu sehen und jetzt wussten sie endlich, worum es ging.

- „Wir waren noch Kinder. Wir wussten doch nicht, dass ....."

Das Projektil, das aus meiner Lüger geschossen kam, ging in sein Auge und nachdem es seinen Schädel durchbohrt hatte, setzte es sich in der Rinde des Baumes fest. Ich steckte die Waffe ein und schaute die übrigen drei an, um zu sehen, ob sie etwas sagen würden aber eine Grabesstille senkte sich über die Szene. Ralf gestikulierte und gab allen zu verstehen, dass der Leichnam nicht angerührt werden sollte.

- „Die Nachnamen sind Müller, Albrecht und Goetz", sagte ich zum Feldwebel als ich jedes Personalblatt inklusive Foto durchgesehen hatte. Bringen Sie sie zur Entlausungsstation, binden sie ihre Hände an der Kleiderstange fest und ziehen Sie sie dort aus. Ich werde in ein paar Minuten da sein."

13. Zahltag

- „Tat es Klaus nun leid und wollte er sie nur noch bestrafen?“, fragte ich Brünner.

- „Weit gefehlt“, sagte er und lächelte. „Wirklich weit gefehlt“, wiederholte er und sprach weiter: „Die Insassen der Baracke Nummer zehn, die zu Sicherungszwecken direkt beim Pförtnerhäuschen lag, waren die Gefangenen, die ein rotes und ein schwarzes Dreieck mit den Buchstaben „R“ und „SU“ trugen, also Soldaten der Roten Armee, die zu gefährlich waren, um in ein gewöhnliches Kriegsgefangenenlager geschickt zu werden. Die meisten von ihnen hatten mehrere Ausbruchsversuche hinter sich und würden alles tun, um ihr Leben um auch nur einen Tag zu verlängern. Mit anderen Worten, sie waren genau das, was Klaus für seinen Plan brauchte. Er sprach mit dem Häftling, der Aufseherpflichten ausübte, also dem Kapo, der gleich mit neun Exemplaren, die einen Tyrannosaurus Rex erschreckt hätten, aus der Baracke wieder herauskam. Danach gingen Klaus, der Kapo und die Gruppe Gefangener begleitet von schwer bewaffneten Wachtposten zur Entlausungsstation und als sie dort eintrafen übersetzte der Kapo, was die SS von ihnen erwartete und wie sie belohnt würden.“

„So waren anschließend drei Stunden lang Schreie zu hören, die schon nicht mehr menschlich klangen, so dass schließlich der Lagerkommandant in meinem Büro erschien, um nachzufragen, ob alles in Ordnung sei. Es waren Schreie, die in ihrer Intensität nicht nachließen bis Klaus die Türen öffnen ließ. Noch Tage später hörte ich von anderen Gefangenen, dass, was sie zu sehen bekamen bei weitem schrecklicher war als alles, was sie je zuvor erblickt hatten. Selbst die Sonderkommandos, die es gewohnt waren, allerhand durch die kleinen Sichtfenster der Gaskammern und Krematorien zu sehen, wichen erschrocken zurück, als diese drei, ausgeschlachtet wie Schweine, sichtbar wurden. Ihre Haut zerrissen, die Gliedmaßen teilweise abgetrennt, knieten sie in ihrem eigenen Blut während die Russen die zwei Wodkaflaschen erhielten, die Klaus ihnen versprochen hatte. Er hatte sich die ganze Zeit nicht von der Stelle gerührt und neben dem Kapo und den Wachtposten gestanden.

Der korpulenteste der Russen näherte sich dem Kapo und übergab ihm einen Stoffbeutel der von Blut triefte. Dann schickte er sich an, ihm einen Glassplitter zu überreichen, woraufhin die Wachtposten sogleich ihre MP 40 Schmeisser auf ihn richteten und er die Scherbe auf den Boden fallen ließ. Der Kapo gab den Beutel an Klaus weiter, der ihn kurz öffnete, um festzustellen, dass die drei Penisse und sechs Hoden sich darin befanden. Er knotete ihn wieder zu."

- „Der Gerechtigkeit wurde genüge getan", sagte er und der Kapo nickte kurz, ohne zu verstehen, worum es genau ging.

Dann zog er sich in seine Baracke zurück, den Beutel in einer Hand haltend.

14. Familie

Brief von Klaus an Helga:

Dachau, 23. Dezember 1944

Liebe Schwester,

Zuerst bitte ich Dich zu entschuldigen, dass ich Dir nicht schon früher schrieb. Wir haben in der Arbeit soviel um die Ohren gehabt, dass wir nicht eine Verschnaufpause hatten. Ich wollte Dich zu den Bombenattacken im April befragen. Wir haben gehört, dass die Stadt nun zum Teil in Ruinen liegt.

Heute ist Herbstanfang und mein Geburtstag und ich habe ein Geschenk von Ralf erhalten, dass ich niemals erwartet hätte. Aus Sicherheitsgründen werde ich Dir erst bei unserem nächsten Treffen davon erzählen können, aber möge alles im Sinne des Führers geschehen...

Wie Du sicherlich weißt, sieht es für Deutschland innerhalb Europas seit Februar 1943 recht übel aus: in Stalingrad haben wir hunderttausende Kameraden verloren und andere sind für immer in Stalins Gulags verschwunden. Im Mai wurde unser Afrika Korps, geleitet von Marschall Rommel, bei Tunis niedergeschmettert. Die schlimmste Demütigung war jedoch die von Kursk, wo vier tapfere Freunde, die mit Ralf in Bad Tölz studiert hatten, gefallen sind. Sie gehörten zur zweiten Panzerdivision der SS, „das Reich" genannt.

1944 hat auch nicht besser begonnen: Im Juni bereits sind die Alliierten in Rom eingetroffen und dann die Invasion der Normandie... Einige von uns fürchteten bereits das Schlimmste und so ist es dann auch geschehen: Im August haben die Alliierten gemeinsam mit den französischen Partisanen und Untergrundkämpfern Paris zurückerobert....

Entschuldige, falls ich Dich mit diesen tristen Details über den Krieg zu sehr in Unruhe versetzen sollte, aber ich vertraue darauf, dass unser Führer für alles eine Lösung finden wird und schließlich wird Deutschland als das Herrenvolk, das wir sind, triumphieren.

Eine Delegation des Roten Kreuzes ist eingetroffen und wir wurden nach unseren Daten befragt. Wir wandten uns an den Lagerkommandanten, um zu erfahren, wie wir uns verhalten sollten aber er sagte, es sei aus Sicherheitsgründen veranlasst worden, also haben wir getan, was sie wollten. Ich weiß nicht, was los ist, aber Ralf gab mir zu verstehen, ich solle weder fragen noch irgendwelche Kommentare dazu abgeben. Es kann sein, dass wir uns bald auf eine Reise begeben müssen.

Grüße an Maria und Mama – auch wenn sie immer noch nicht mit mir sprechen möchte.

In Liebe, Heil Hitler,

Klaus

15. Arbeit macht frei

Es war keine Woche vergangen seit die kommunistischen Priester aus Argentinien und Spanien eingetroffen waren. Einer nach dem anderen waren sie auf dem Appellplatz an die Reihe gekommen, über ihre Pflichten und Rechte aufgeklärt worden. Dann brachte sie ein Freiwilliger der anderen gefangenen Geistlichen zur Baracke der religiösen Gefangenen. Dabei wagte es der Pater Mateo, nur einmal aufzuschauen und sein Blick traf den von Klaus für den Bruchteil einer Sekunde. Gleich einem Schatten in der Dunkelheit, dem Flügelschlag eines Kolibris und doch ausreichend, um das Schicksal der beiden Männer zu besiegeln.

16. Die Kriegshunde

Im Kloster San Girolamo degli Illirici in der Via Tomacelli Roms wurde fieberhaft gearbeitet. Pater Krunoslav Draganović – mittlerweile Sekretär der Bruderschaft San Girolamo aus Kroatien mit Sitz im gleichnamigen Kloster - wurde kaum fertig mit dem Erstellen neuer Dokumente und Identitäten nach den vom Roten Kreuz bereitgestellten Listen. Die hohen SS-Chargen, die fast täglich aus Deutschland im Balkan eintrafen, wo sie Schutz suchten, wurden immer zahlreicher und konnten auf mysteriöse Weise ungestört einreisen trotz der Überwachung durch US-Truppen. Es schien, als ob letztere einer Order folgten, alle Bewegungen dieser Art lediglich zu beobachten.

All dieses fand mit der Genehmigung und Hilfe seiner Eminenz und Hochehrwürden Kardinals Santiago Copellos, des Kardinal Primas von Argentinien statt, Schutzherr des Klosters und ehemaliger Bekannter von Pius XII (tatsächlich hatte er an der Konklave teilgenommen, die Pius XII auf den Stuhl Petri gehoben hatte). Kardinal Copello hatte die Bereitschaft erbeten, den „flüchtigen kroatischen und deutschen Brüdern im Exil“ beizustehen und zu garantieren, dass die argentinische Regierung unter General Perón sie mit „offenen Armen“ aufnehmen würde.

17. Ein Aufleuchten

Wer war dieser Mann? Wie konnte er es wagen, mich so anzublicken und eine Bestrafung zu riskieren?

In Klaus Kopf war es wie nach einem Erdbeben. Zwei Kräfte rangen miteinander, die erste sein unbändiges Streben nach Rang und Image und eine weitere, an die er nicht zu denken wagte, die er - koste es was es wolle – verbergen wollte, sogar vor sich selbst.

Die geheime Information, die die Abwehr dem Lagerkommandanten Weiter hatte zukommen lassen, war spezifisch: Pater Mateo hatte während der Beichte gefährliche Informationen erhalten, die - sollten sie publik werden – den Ruf vieler hoher SS- Vertreter schädigen könnten. Daher sollte er isoliert gehalten und falls nötig durch einen „Unfall“ entsorgt werden. Das wäre angebracht, denn sollte er in sowjetische Hände fallen und gefoltert werden, würde er die Informationen wohl preisgeben.

Dieses bereitete dem Lagerkommandanten Sorge, so dass er Brünner in Kenntnis setzte. Dieser wiederum sprach mit Klaus, damit der einen VS bereitstellte, also einen Vertrauenswürdigen, der ihn über alle Aktivitäten auf dem Laufenden halten würde. Was Klaus jedoch nicht wusste, war dass Ralf auch ihn kontrollieren ließ. Er hatte einen Brief von Klaus Schwester Helga abgefangen, sofort geöffnet und gelesen und dann entschieden, der Brief solle „unterwegs verloren gegangen sein“, was zu diesen Zeiten des Krieges auch gar nicht unüblich war. Er musste Klaus Loyalität bis zum letzten Moment sicherstellen.

In seiner Antwort ließ Klaus ihn wissen, dass man Mateo ihm unterstellen möge und zwar in einer der Gruppen des Sonderkommandos, dass die Kammern zu reinigen hatte. So wäre er ständig beschäftigt und zu erschöpft, um noch an etwas anderes zu denken.

So viele Sicherheitsvorkehrungen wären gar nicht nötig gewesen. Nicht eine Woche war verstrichen, als im Lager eine Typhusepidemie ausbrach. Der „Heilige Mann“ Dachaus, wie er von den Wachleuten genannt wurde, der Pater Unzeitig, bat den Lagerkommandanten, dass alle Religiösen ins Lagerkrankenhaus geschickt werden sollten. Als Klaus die Order erhielt, Mateo ins Krankenhaus zu schicken, bat er Brünner, ihn bei ihm zu lassen und führte an, dass er weiterhin für seine Aufgaben, die er kompetent verrichtete, gebraucht würde.

Der Lagerkommandant ging sofort auf die Bitte des Priesters ein. Dies würde den sicheren Tod der Geistlichen bedeuten und so würde er sie nicht in die Gaskammern oder zur Zwangsarbeit schicken müssen. Der Typhus würde das bequemer erledigen. Um jedoch seine Autorität zu unterstreichen, drohte er fünf Priester umzubringen, für jeden SS-Mann, der sich ansteckte.

Inhalt des Briefes von Helga an Klaus:

Obersee, Schweiz, 23. November 1944

Lieber Bruder,

Ich muss zugeben, dass dieses der schwierigste Brief ist, den ich je in meinem Leben geschrieben habe. Ich wünschte, ich hätte gute Nachrichten für Dich aber ich weiß ja nicht einmal, ob Du diesen Brief überhaupt erhalten wirst. Alles ist durcheinander: Maria hat sich dem Volkssturm angeschlossen und kümmert sich um ein Flakgeschütz. Die Nachbarssöhne, Hermann und Joseph, arbeiten in einer Waffenfabrik aber was wirklich schlimm ist, ist das Onkel Manfred, der Dich in Deiner Karriere so unterstützt hat, und der mir und

Mutter geholfen hat, die Grenze in die Schweiz zu überqueren, Selbstmord begangen hat. In seinem Abschiedsbrief gibt er zu, mit einigen seiner ehemaligen Kollegen an dem gescheiterten Attentat gegen Hitler unter der Führung General Henning von Tresckows, beteiligt gewesen zu sein.

Es fielen so viele Bomben, dass wir München verlassen mussten. Unser Haus ist nur noch ein Schutthaufen aber Maria hat sich dennoch entschieden, zu bleiben und sie lebt jetzt mit einem Mann zusammen, von dem niemand von uns etwas wusste.

Ich hoffe, dass es Dir gut geht. Was Mama und mich angeht, entschuldige bitte, dass ich das so sage aber wir denken, dass dieser Wahnsinn von der überlegenen Rasse vorbei ist. Ich hoffe, ich werde dich eines Tages wiedersehen, denn der Onkel – möge er in Frieden ruhen – hat uns berichtet, was mit den SS-Leuten geschieht, die von den Alliierten gefangen genommen werden. Also bitte pass auf Dich auf.

In Liebe,

Helga

Unterdessen hatte Klaus den Pater Mateo angewiesen, die Körper derer, die aus den Gaskammern herauskamen zu untersuchen, um zu bestätigen, dass sie tot waren. Das war eigentlich unnötig, da das Zyklon-B ja gut wirkte aber er musste einfach den Willen dieses Mannes brechen ohne genau zu wissen warum. Den Ausdruck des Todes in diesen Gesichtern, in einem nach dem anderen zu sehen, musste hart genug sein.

Pater Mateo hatte zunächst versucht, sich zu entziehen aber Klaus ließ ihn in die schon leere Kammer treten und bevor er erneut nein sagen konnte, schlug er ihn mit dem Anschlagkolben seiner Pistole nieder, woraufhin der bewusstlos auf dem Boden der Kammer zusammenbrach. Er wies die Sonderkommandos an, hinauszugehen und blieb mit dem leblosen Körper, der vor ihm lag, allein.

Er kämpfte mit sich und obwohl er alles versuchte, ihn nur als den Gefangenen Nummer 26.860 zu sehen, beobachtete er seinen Brustkorb, der sich hob und senkte, die delikaten Hände, die keine harte Arbeit gewohnt waren, die sich abzeichnende Hüfte und den Schritt, die glatte Gesichtshaut und das dünne Rinnsal von Blut, das aus seinem Kopf austrat und langsam über die Schläfe rann bevor es in eines der Ablaufgitter lief.

Nach zwei Minuten schien Mateo das Bewusstsein zurückzugewinnen. Er öffnete die Augen, um Klaus anzublicken aber in diesem Blick lagen weder Groll noch Hass, sondern ein gewisses Verständnis für den Kampf, der im Inneren des SS-Manns tobte, der nun zu zittern begann. Seine Beine gaben nach und er ging in die Hocke, um Mateo die Stirn und die Wangen zu reinigen während dieser sein Gesicht streichelte ohne dass Klaus ihm Widerstand leisten konnte.

Plötzlich küssten sie sich leidenschaftlich und ab diesem Moment wurden aus Fänger und Gefangenem Liebhaber.

- „Steh auf", sagte Klaus, „ein Wort und deine Baracke wird mitsamt allen Insassen abbrennen."

Aber so leicht würde es nicht abgehen. Durch eines der kleinen Sichtfenster hatte der Zubringer, den Brünner bestellt hatte, um Klaus zu beobachten, alles mit angesehen und diskret rannte er los, um es ihm zu berichten. Brünner befahl, er möge ihm weiterhin alles berichten, was zu beobachten war.

An mehreren Tagen vollzog sich das gleiche Ritual zur gleichen Zeit: nach den Reinigungsarbeiten, wenn sie bereits allein waren, umschlangen und vereinigten sich ihre Körper mit so viel Lebenstollheit zwischen diesen Wänden, die bisher nur den bitteren Tod erblickt hatten, der dort herrschte.

Während Brünner sich darüber berichten ließ, verkrampften sich seine Hände und er wurde rot vor Zorn. Hier ging es nicht nur um die Befleckung der Ehre, nein, es war der totale Verrat an allen Prinzipien, an die sie bisher beide geglaubt hatten. Das war nicht mehr Klaus sondern ein perverser Entarteter, der sich in die Reihen seiner geliebten SS geschmuggelt hatte, und die nun nur durch eine stahlharte Strafe gereinigt werden konnte.

An diesem Abend wurde in der Behausung des Lagerkommandanten Weiter über Klaus Tod entschieden.

- „Herr Kommandant“, sagte Brünner, nachdem er den Befehl entgegengenommen hatte, „erlauben sie mir, mich höchstpersönlich darum zu kümmern. Ich versichere, dass es keinerlei Gnade geben wird, ein Exempel soll für alle Insassen des Lagers statuiert werden.“

18. Bittermandel

Brünner brauchte vier Rottenführer, denen er wirklich vertrauen konnte, um seinen Plan auszuführen. Er beschloss, es am Freitag zu tun, wenn die Wochenarbeit bereits abgeschlossen wäre. Er sagte Klaus, dass an diesem Tag die dritte Kammer nicht genutzt werden solle. Es sei eine wichtige Inspektion für den folgenden Montag geplant, die vorbereitet werden müsse. Reichsführer Himmler und seine Tochter Gudrun, die die Wachthabenden gerne um sich hatten, wenn sie kam, würden anwesend sein. Klaus würde prüfen müssen, dass die Kammer in einem ordentlichen Zustand wäre, ohne schlechte Gerüche oder Leichenreste, so dass sich das Mädchen nicht erschrecken möge.

An diesem Freitagmorgen begab sich die Einsatzgruppe zu den Kammern und jeder begab sich auf seine Position. Sie mussten nicht lange warten, denn nach einigen Minuten kamen zwei Gestalten auf den Eingang zu, durchschritten den Vorhof und begannen – als sie bereits im Duschbereich waren - sich auszuziehen. Sie machten die Tür von innen zu und gingen zu jener Ecke, wo sich die lange Ablaufrinne befand. Ohne etwas zu bemerken, stoppten sie direkt vor dem großen Sichtfenster und dort breiteten sie eine Decke aus. In völliger Stille und vertrauend auf den trügerischen Schutz des

Halbschattens begannen sie noch im Stehen, sich zu liebkosen und zu küssen.

Leidenschaft macht taub und blind, sie vergaßen alles um sich herum und legten sich aufeinander und stießen lustvolle Laute aus, die kaum hörbar waren.

Und so kam es, dass – wie von Brünner geplant – alles bereit war.

Der für die Überwachung Verantwortliche verriegelte die Tür und gab dem an der Eingangstür das vereinbarte Zeichen. Der gab es an den Begleiter Brünners weiter und Brünner selbst drehte dann ohne zu zögern das Ventil auf nachdem der Zyklon-B Zylinder angeschlossen worden war.

Klaus hob den Kopf und schrie:

„Bittermandel!"

Er riss sich von Mateo los, drückte sich die Hände gegen den Brustkasten und versuchte verzweifelt einzuatmen. Mateo wurde derweil von schrecklichen Zuckungen geschüttelt. Klaus begriff, klammerte sich an Mateo, beide umarmten sich mit letzter Kraft und verharrten schließlich in einem letzten Kuss auf ihrer Decke, befleckt von ihrem eigenen Kot als der letzte Rest Leben aus ihren Körpern entwich.

19. Der Baum

- „Also haben Sie sich gleich um beide Probleme gekümmert", sagte ich. „Der Lagerkommandant muss sehr zufrieden mit Ihnen gewesen sein."

- „Ja, das war er. Aber lassen Sie mich noch erzählen, was nach der Hinrichtung geschah. Die gleichen Einsatzgruppen, die ich für diese kleine „Reinigungsoperation" zusammengestellt hatte, Reinigung von unerwünschten

Elementen in diesem Fall, haben zusammen mit den Sonderkommandos, die ich hatte zur Gaskammer kommen lassen, die Leichen zum Galgenbaum geschleppt, wo ich sie kopfunter aufhängen ließ. Dann ließ ich an jedem ein Schild anbringen, darauf stand, wenn ich mich recht erinnere, folgendes:

„Ein Priester, der seine Gemeinde betrog“ sowie „Ein Entarteter, der sich in unsere Reihen eingeschleust hat“.

Und dort ließ ich sie nackt für eine ganze Woche hängen, bis der Gestank so unerträglich wurde, dass ich sie herunternehmen und verbrennen ließ.

20. Flucht ins Schloss

In dieser Nacht rief mich der Lagerkommandant zu sich und sagte, dass es an der Zeit sei, sich aus dem Staub zu machen. Wir würden der Strecke bis Schloss Itter in Tirol folgen, wo wir sicher wären bis wir wüssten, wohin wir ins Exil gehen würden.

- „Aber, Herr Brünner: Fühlten Sie sich denn nicht wie ein Verräter, das Lager einfach so im Stich zu lassen?“

- „Zweifelsohne!!! Aber hätte ich den Befehl verweigert oder mich gesträubt, hätte mir dasselbe Schicksal blühen können wie Georg Elser oder etwas Schlimmeres. Schließlich war Weiter im Besitz der neuen Papiere des Klosters von San Girolamo in Rom, die gerade erst eingetroffen waren. Weiter zögerte überhaupt nicht, also einigten wir uns, das Lager zu verlassen.

- „Am 29. April, einen Tag vor dem Selbstmord des Führers“ – erneut blieb er still und lächelte – „wurde das Lager von amerikanischen Soldaten besetzt, die den SS-Leuten, die sie noch fingen, allerlei Scheußlichkeiten antaten. Dem Rest von uns hat man dann in dieser Posse zu Nürnberg für alles die Schuld in die Schuhe schieben wollen. Allein, uns haben sie dort nicht angetroffen“ – er kicherte leicht. „Anfang März waren wir bereits bequem im

Schloss Itter untergekommen und dann wollte es das Schicksal erneut, dass ich dem sicheren Tod entgehen möge."

- „Aber wie haben sie es geschafft, nicht gefangen genommen zu werden? Die Schlacht um das Schloss Itter hat doch schon am 5. Mai begonnen...oder waren Sie etwa einer der....?"

Brünner wurde blass. Dann nahm er die Brille ab und schaute mir direkt in die Augen. Er hatte wohl nicht erwartet, dass ich soviel wusste. Auf meinen Einwurf reagierte er schließlich mit einer Gegenfrage.

- „Und was hätten Sie an meiner Stelle getan? Außerdem hat ein Verhör zum jetzigen Zeitpunkt doch wohl kaum noch einen Sinn."

Er war angespannt, ergriff ein Glas Wasser, warf eine Tablette ein und lockerte seine Krawatte.

- „Na gut", sagte er, nachdem er sich etwas erholt hatte, „Ich muss mich bei Ihnen entschuldigen. All dies ist vor sehr langer Zeit passiert und wir alle sind hier in Argentinien in Sicherheit. Dieses Land war immer eine Zufluchtsstätte für uns außer für den armen Eichmann, der von diesen Juden und ihrem berühmten Mossad wie ein Tier gejagt wurde. Also, machen wir weiter."

- „Herr Brünner, zunächst einmal wollte ich Ihnen sagen, dass nicht Sie es sind, der sich entschuldigen muss, sondern ich. Es war ja nicht meine Absicht, Sie zu verhören, sondern das hier sollte ein Interview werden. Ich habe dabei allerdings den Fehler begangen, mich zu sehr in die Historie zu vertiefen. Wenn ich mir also die Daten etwas genauer anschaue, liegt es nahe, anzunehmen, dass sie zur Gruppe des Schlosskommandanten Sebastian Wimmer gehörten. Ja, es wäre die einzige Erklärung, warum Sie dort lebend herausgekommen sind. Nach der Ermordung Weiters könnten sie dann mit ihm geflohen sein, genauer gesagt am 4. Mai, einen Tag vor der Schlacht um das Schloss Itter."

Im Gegensatz zu dem Eindruck, den er noch ein paar Minuten vorher auf mich machte, wurde er nun friedfertig. Als ob er sich einer schweren Last entledigte, seufzte er tief und fuhr fort:

„In der Nacht des 2. Mai hatten Weiter und ich zu viel getrunken. Wir waren in seinem Zimmer als er begann, über alle großen Tiere der Partei herzuziehen: Goebbels, Himmler, Goering, Heydrich, sie alle erklärte er nun für unfähige Fanatiker. Nur der Wehrmacht, der Luftwaffe und der Kriegsmarine gebühre Ehre. Das hat mich furchtbar wütend gemacht, so dass ich ihn am Schlawitt packte und würgte. Ich schloss die Tür und begann in meiner Panik alles wild nach den neuen Papieren zu durchwühlen. Nachdem ich sie hatte, nahm ich meine Pistole, schoss ihm in die Schläfe und begann zu brüllen: der Kommandant hat sich erschossen, der Kommandant hat sich erschossen!!! Dann täuschte ich eine Unpässlichkeit vor, rannte in mein Zimmer und suchte einen kleinen Koffer heraus, den ich immer dabeihatte. Darin waren Zivilkleidung, Schweizer Franken und jetzt auch die Dokumente. Der Rest ist Geschichte."

- „Und dann haben Sie mit Wimmer weitergemacht."

- „Nein. Nachdem wir einige Stunden unterwegs waren, sichteten wir glücklicherweise einen Wagen des Roten Kreuzes. Ich zog mich um so schnell ich konnte, warf meine Uniform weg, verabschiedete mich von der Gruppe und mit meiner Stichwaffe der SS schnitt ich mir in den Arm. Dann rammte ich den Dolch in einen Baumstamm und brach so seine Spitze ab als Vorsichtsmaßnahme, sollte er Feinden in die Hände fallen. Dann schenkte ich den Dolch einem Rottenführer, der mit uns entflohen war als Dank für seine Hilfe. Als das Blut bereits meine Kleidung befleckte, lief ich meine Dokumente schwenkend zu dem Wagen. Kurze Zeit später konnten wir uns zusammen mit einigen ehemaligen Kameraden in Genua einschiffen. Unser Reiseziel war das Paradies Argentinien.

21. Streicheleinheiten aus der Vergangenheit

- „Gut, Herr Brünner. Es war mir ein Vergnügen, Sie kennenzulernen. Hier ist Ihr Scheck für das Interview und bevor ich mich auf die Rückreise begebe: hier ist noch ein kleines Geschenk, dass ich Ihnen von meinem Großvater geben soll. Er hat mich darum gebeten, es Ihnen mitzunehmen, als er von dem Interview erfuhr. Ich wusste gar nicht, dass wir das hatten. Er verbot mir sogar, es anzuschauen. Er pflegte es in einer alten Truhe aufzubewahren, zu der wir keinen Zugang hatten. Er sagte nur, ich solle Ihnen bei der Übergabe folgende Worte sagen, Sie würden dann verstehen:

„***Meine Ehre heißt Treue***".

Als er diese Worte hörte, füllten sich die Augen des Greises mit Tränen. Er schaute mich an, als würde er um das Paket bitten. Er wirkte wie ein Kind, dass gar nicht mehr auf seine Überraschung warten kann.

- „Hier ist es", sagte ich während ich eine längliche Kiste aus meinem Koffer hervorholte. Ich legte sie in seine Hände, die nun zitterten. „Und noch etwas, er sagte ich solle Sie dann allein lassen, wenn Sie es öffnen, denn ich würde es nicht verstehen. Ehrlich gesagt, verwirrt mich das etwas aber ich muss seinen Wunsch respektieren. So verabschiede ich mich also von Ihnen."

- „Ich wünsche Ihnen eine gute Reise", sagte er. „Ich werde es nach der Siesta öffnen. Dieses Interview hat mich doch sehr ermüdet."

22. Die Heimreise

Genau wie ich es mir vorgestellt hatte, hatte der Alte die Kiste bereits kurz nachdem ich sein Haus verließ, geöffnet.

Während des Fluges stellte ich mir vor, wie er den Dolch aus der Kiste nahm und seinen Zeigefinger vom Knauf beginnend darüberfahren ließ. Er strich über die Runen der SS, hielt die Waffe am Griff und beobachtete aufmerksam den Adler auf der Schutzhülle, dann schließlich das abgebrochene Ende der Klinge, dass sie paradoxerweise so einzigartig machte im mehrfachen Sinne. Dann gab er sie seiner angeblichen Dienstbotin, die Eva Maria Lothringen hieß, Tochter von Brünner und Maria. Maria war während vieler Jahre seine

Geliebte gewesen: Maria Lothringen, Klaus ältere Schwester, die ihr Elternhaus verlassen hatte, um sich dem Volkssturm anzuschließen und heimlich mit Brünner bis zu ihrem Tod - ausgelöst durch die Bomben der Alliierten - zusammenlebte. Eva Maria lebte bei ihrer Großmutter in der Schweiz bis sie zu ihrem Vater nach Argentinien konnte.

Von San Carlos de Bariloche bis zum Flughafen Pistarini waren es zweieinhalb Stunden. Dann folgten vierzehn Stunden Flug mit Alitalia bis Fiumicino und von dort dreieinhalb mit El Al bis Tel Aviv.

Obwohl ich während des Transatlantikfluges geschlafen hatte, fühlte ich mich wie von einer Büffelherde niedergetrampelt als ich in Tel Aviv eintraf. Nach der Passkontrolle holte ich mir bei Mc Donald‘s einen Kaffee und ging zum Parkplatz, wo mich bereits ein Auto mit laufendem Motor erwartete. Der Chauffeur sagte mir, dass der Chef schon ungeduldig wartete und ich muss zugeben, dass es mir an seiner Stelle genauso gegangen wäre.

Da saß er einem Greis gegenüber und sagte sowie ich eintrat:

- „Du kannst mir die Dokumente schon zurückgeben, Elazar.“

Ich holte die falschen Pässe, Führerscheine und argentinischen Ausweise heraus und schaute den Alten an, der dort am Tisch des Direktors saß.

- „Ich möchte dir Helmut Gangl vorstellen. Er ist der Enkel des Majors Josef Gangl, von dem Du sicherlich schon gehört hast. Er gehörte zur Wehrmacht und kämpfte damals zum Kriegsende gegen die SS. Helmut Gangl ist weltweit einer der größten Sammler von SS-Waffen.

- „Den Dolch, den du Brünner und seiner Tochter mitgebracht hast, hat uns Herr Gangl gespendet. Er hatte ihn auf einer Versteigerung in New York erworben, wo viele SS-Objekte angeboten worden waren. In New York haben wir ihn auch kontaktiert. Er kannte die Geschichte Brünners und hatte sie von einem der SS-Leute gehört, die ihn damals bei der Flucht von Schloss Itter begleitet hatten.“

23. Götterdämmerung

- „Und jetzt möchte ich Dich ein wenig entschädigen für diese Müdigkeit, die ich in Deinen Augen sehe. Die Ausgabe der Tageszeitung „El Cordillerano“ aus Bariloche, die ich hier habe, könnte für Dich interessant sein. Schau Dir einmal den Artikel an, den ich grün angestrichen habe.“

In der Sektion „Soziales“ war ein Artikel markiert, in dem der Deutsch-Argentinische Kulturverband von Bariloche folgendes mitteilte:

Am gestrigen Tage haben wir zwei geschätzte Mitglieder unserer Gemeinde verloren: Herrn Ralf Brünner und seine Tochter Eva Maria Lothringen. Beide fielen einem Herzanfall zum Opfer. Aufgrund der Gleichzeitigkeit ihres Ablebens vermutet die Polizei, dass es sich um Mord handelt. Ermittlungen wurden eingeleitet. Viele von uns, die wir ihre Nachbarn, Kollegen oder Freunde waren, fragen sich: wer hätte zwei so liebenswürdigen und friedfertigen Alten, die bei allen beliebt waren, etwas zuleide tun können?

Ich dachte an das Batrachotoxin, mit dem wir den Dolch eingestäubt hatten. Wenn sie es fänden, würde ich nur noch eine verschwommene Erinnerung für einen argentinischen Gendarm darstellen, tausende von Kilometern entfernt.

- Liebenswürdig und friedfertig? Das brachte mich nun wirklich zum Lachen. Dann nahm ich wieder Haltung an und überlegte weiter: Vielleicht haben die Nazis den Krieg letztendlich doch nicht verloren. Es fiel mir ein, was der Kardinal (und ehemalige Oberst) Draganović zu Klaus Barbie in San Girolamo gesagt hatte nachdem dieser ihn fragte, woher er die Kraft nähme, sich einer so belastenden Aufgabe, nämlich der Rettung so vieler Kameraden, zu stellen.

„Dort, in Argentinien“, so hatte er gesagt, „können sie die moralische Stärke des Nazismus für die zukünftigen Generationen bewahren.“

Vielleicht bleibt der Keim lebendig und intakt, um im günstigsten Moment wieder zu sprießen.

ENDE

Printed by Books on Demand GmbH, Norderstedt / Germany